KB191698

마르타 알바레스 곤살레스
Marta Alvarez González

내가 사랑한
엄마

새홈

표지
엘리자베스 루이즈 비제-르 브룅,
〈딸과 함께한 자화상〉(부분),
1789, 루브르 박물관, 프랑스 파리

2쪽
에곤 실레, 〈젖 먹이는 엄마〉(부분),
1917, 개인 소장

4~5쪽
구스타프 클림트, 〈여성의 세 시기〉(부분),
1905, 국립 현대미술관, 이탈리아 로마

6쪽
피에르-오귀스트 르누아르,
〈장 르누아르와 가브리엘의 초상〉(부분),
1894, 베르넹-죈 미술관, 프랑스 파리

평생의 사랑

맘마, 마망, 마마, 멈, 무티… 어린아이가 세상에 나와 처음으로
내뱉는 말, '엄마'다. 어떤 언어에서든 '엄마'라는 말은
발음하기에 가장 쉽고, 다정다감한 말로 변형된다.
우리는 아주 어릴 때부터 발음할 수 있는 수준의 기초적인
음절들을 반복하면서 엄마라는 인물을 부르는 법을 배웠다.
어린아이는 자신의 기준점이 되고, 일상생활의 지원자가
되어줄 사람과 의사소통을 해야 하는데, 이러한 필요성을
충족시켜주기 위해 자연스럽게 만들어진 단어가 바로 '엄마'다.
세월이 흘러 어른이 된 후에도 친밀감의 표현으로
어릴 때와 동일한 입술소리의 조합을 사용한다.
그것은 아마도 어머니가 우리 존재의 시작인 채로
즉, 우리 삶의 출발점으로 남아 있기 때문일 것이다.
어머니는 단순한 생명의 모체가 아니라 자비와 용서,
끊임없는 희생과 무조건적인 사랑, '만약'이나 '그러나' 따위의
단서를 붙이지 않는 지원을 비롯해, 자신의 욕망을 포기하고
스스로를 모두 쏟아붓는 인물이다.
세상에는 수없이 많은 사랑이 있지만, 대부분 스쳐 지나가는
애정인 경우가 많다. 그런 흔한 애정과는 달리 모정은

확신할 수 있는 믿음이자 어려움에 처했을 때 안락의 근원인
동시에 세월이 흘러도 변하지 않는 것이다.
결국 우리는 어머니라는 인물에게 모든 것을 기대한다.
삶의 무게로 약해지고 한계에 부딪힐 때도 우리의 이미지 속에서
어머니는 인간이라기보다는 신에 가깝고, 덕과 지혜의 거울로
남아 있기 때문이다.
이 책에서 제시하는 어머니에 관련된 작품들은 고대부터
인간이 펜이나 붓으로 어머니와의 관계의 강도와 복합성을
표현해야 한다는 필요성을 느껴왔다는 것을 말해주고 있다.
애초부터 어머니는 생식력과 관련해 초자연적인 의미를 나타낸다.
구석기 시대의 '비너스상'만 봐도 그렇다. 당시 미인형은
풍만한 여성이었다. 곧 어머니가 될 여성의 몸으로 변해가는
과정을 연상시키는 둥글둥글한 몸매의 여성을 아름답다고
생각한 것이다.
또한 서양에서 풍요와 복지의 개념은 어린아이를 먹이고 보살피는
젊은 여인과 같은 모습으로 형상화될 때가 많다. 이 책에 자주
등장하는 마리아에 대해 말하자면, 예수님의 어머니로서뿐만 아니라
평범한 어머니의 모습에 훨씬 더 가까운 모습으로 그림 속에서

불멸하고 있다. 예를 들어 아들인 예수가 위험에 처할 것이
염려돼 이집트로 데리고 간다든지, 젖을 먹인다든지, 춥지 않게
바람을 막아준다든지, 옷을 꿰맨다든지 하는 모습들이다.
이 책에 소개된 작품들은 전 시대와 세계를 아우른다. 출처와
연대가 다양한 문학작품이나 동요, 대중가요, 명언들도 수록돼 있다.
그러나 예술작품 속에 드러나는 어머니의 몸짓과 표현, 감정은
출산의 고통 뒤에 따라오는 커다란 행복과 포옹의 따스함,
수유의 친밀함, 일상적인 보살핌과 관심, 자식이 말을 잘 듣지 않을
때의 질책, 다 자란 자식을 어쩔 수 없이 떠나보내야 하는 고통,
입맞춤에 담긴 무한한 애정 등으로 크게 다르지 않다.
결론적으로 말하자면 이 책 속의 이미지들은 우리 모두의 가슴속
저 깊은 곳에 있는 어머니에 대한 이미지인 것이다.

어머니의 사랑은
모든 사랑의 시작과 끝이다.

게오르크 그로데크

〈모성상〉, 텔 브라크 출토, 기원전 3500–3000, 고고학 박물관, 시리아 알레포

좋은 어머니는 한쪽 눈만으로도
아버지가 열 개의 눈으로 보는 것보다 잘 본다.

이탈리아 속담

〈모자상〉, 틀라틸코 출토, 기원전 1400-600, 국립 역사 박물관, 멕시코 멕시코시티

가장 고귀하고, 가장 진실하고,
가장 높은 이상을 얻는 곳은
어머니의 무릎 위다.

마크 트웨인

〈어머니 무릎 위의 소년〉, 마라시(아르메니아) 출토, 기원전 8세기, 루브르 박물관, 프랑스 파리

어머니는 신보다 위대하다.

중국 속담

〈젖을 주는 이시스 상〉, 기원전 664-332, 이집트 박물관, 이탈리아 토리노

"그리스 최고의 권력가는
바로 내 아들이지요.
그리스는 우리 아테네인들의
손아귀에 있고, 아테네인들은 내 손에,
나는 아내의 손에, 내 아내는
아들의 손아귀에 잡혀 있잖소."

플루타르코스

〈희생 장면을 담은 목간〉, 피차의 무덤에서 출토, 기원전 540–530, 국립 고고학 박물관, 그리스 아테네

어머니의 두 팔은 부드러움으로 만들어졌으니,
아이는 그 안에서 달콤한 잠에 빠져든다.

빅토르 위고

〈어머니 여신〉, 기원전 6세기, 파올로 오르시 주립 고고학 박물관, 이탈리아 시라쿠사

어머니의 눈에 자식은 다 예쁘다.

이탈리아 속담

〈모자상〉, 기원전 6세기, 고고학 박물관, 이탈리아 칼리아리

어머니에게는 자식들이 삶의 버팀목이다.

소포클레스

〈젊은 여인과 아들〉, 기원전 410년경, 케라메이코스 박물관, 그리스 아테네

여자들은 천생 엄마야.
죽음이 찾아온대도
무릎 위에 아이를 눕히고 재워줄걸.

모리스 마테를링크

〈여인과 함께 있는 아이〉, 마나비 출토,
기원전 500−기원후 500, 에콰도르 중앙은행 박물관, 에콰도르 키토

아, 모성은 어떤 힘이기에
모든 여성들을 마법에 빠뜨려
아이를 지키려고 맹렬히 싸우게 만드는 것인가.

에우리피데스

〈여인과 아들〉, 찬드라케투가르(인도) 출토, 기원전 2세기, 기메 미술관, 프랑스 파리

엄마 없는 소녀들은 어떻게 역경을 이기나요?

루이자 메이 올컷

〈여인과 소녀〉, 기원전 2세기 후반, 루브르 박물관, 프랑스 파리

좋은 부모들은 본능적으로
자식을 위해 어떤 일을 해야 할지를 안다.

벤저민 스폭

〈대지의 인격화〉(부분), 기원전 13-9세기, 평화의 제단, 이탈리아 로마

어디에도 없다네,
이 춥고 공허한 세상 어디에도.
깊고 강한 사랑이 끝없이 샘솟는 곳은,
오직 엄마의 가슴뿐.

펠리샤 헤먼스

〈다나에와 페르세우스 그리고 어부들〉(부분), 1-50, 국립 고고학 박물관, 이탈리아 나폴리

엄마의 사랑에 불가능은 없다.

찰스 윌리엄 패덕

〈아이를 바치는 여인〉, 기원전 3300–기원후 1000, 에콰도르 중앙은행 박물관, 에콰도르 키토

우리가 부모가 됐을 때
비로소 부모의 수고가 어떤 것인지
절실히 깨달을 수 있다.

헨리 워드 비처

〈알렉산드로의 탄생〉(부분), 바알베크 출토, 4세기, 국립박물관, 레바논 베이루트

우리는 태고 때의 사람들입니다.
우리의 아버지는 태양입니다.
우리의 어머니는 산이 솟아나고
강이 흐르는 대지입니다.

에드나 딘 프록터

〈모자상〉, 하이나 출토, 600–900, 고고학 유적지 박물관, 멕시코 팔렌케

어린 내가 넘어지면 달려와 달래주던,
입으로 내 상처의 독을 빨아내던 사람.
바로 우리 엄마.

앤 테일러

〈자녀를 돌보는 어머니〉, 1150년경, 산 마르티노 교회, 스위스 질리스

저녁에 아이들이 잠자리에 들었을 때,
현명한 엄마는 어린 자식들의 마음을 살피고
하루 종일 아이들이 가지고 놀았던
수많은 물건들을 제자리에 갖다 두고
다음 날 아침을 위해 모든 것을 준비하는
습관을 갖고 있다.

제임스 매슈 배리

〈침대에서 갓 태어난 예수를 만지려 몸을 돌리는 마리아〉,
12세기 말, 노트르담 대성당, 프랑스 샤르트르

어머니!
그 앞에 무릎 꿇을지어다.
신비로운 생명의 원천,
신의 숨결이 내려앉는 곳이리니.

교황 바오로 6세

〈여자와 아들〉, 13세기 앵글로색슨족의 사본 미니어처, 마르치아나 국립도서관, 이탈리아 베네치아

불쌍한 아담, 죄악에 빠졌도다!
어머니가 없으니 그렇지….

미겔 데 우나무노

〈이브와 아들을 위해 음식을 준비하는 아담〉, 13세기 중반, 생트 샤펠 성당, 프랑스 파리

부모들은 자신이 정한 틀에
자녀를 끼워 맞춰서는 안 된다.
자식은 신이 주신 것이기에
그저 지켜주고 사랑해야 한다.

요한 볼프강 폰 괴테

조토, 〈예수의 탄생〉, 1303-1305, 스크로베니 예배당, 이탈리아 파도바

자식은 자신이 엄마에게 끼친 근심과 걱정을
절대 다 알지 못한다.

중국 속담

시모네 마르티니, 〈발코니에서 떨어진 아이의 기적〉,
1324-1328, 피나코테카 국립미술관, 이탈리아 시에나

어머니의 마음은 언제나
용서가 들어 있는 깊은 심연이다.

오노레 드 발자크

시모네 마르티니, 〈예수를 꾸중하는 마리아〉, 1342, 워커 미술관, 영국 리버풀

어머니는 가정의 심장이다.

저메인 그리어

피에트로 로렌체티, 〈동정녀의 출산〉,
1342, 두오모 미술관, 이탈리아 시에나

입맞춤을 많이 해주는 엄마가 있는가 하면
고함을 많이 지르는 엄마도 있다.
그러나 그것은 똑같은 사랑이다.
사실 대부분의 엄마들이 이 두 가지를 모두 한다.

펄 벅

니콜로 디 피에트로 제리니, 〈고아를 양부모에게 전달하는 장면〉(부분),
1386, 비갈로 박물관, 이탈리아 피렌체

이토록 사랑스러운 아기가 또 있을까마는
어쨌든 엄마는 아이를 재워야 한숨을 돌린다.

랠프 월도 에머슨

그리스인 테오파네, 〈대동정녀〉, 14세기 말, 트레티야코프 미술관, 러시아 모스크바

어머니가 바느질한 리넨셔츠는
모르는 사람이 만든 울망토보다
더 따뜻하다.

핀란드 속담

어미 뱃속에서 갓 나온 강아지처럼
너는 내 목덜미를 오물거리고 내게 미소를 짓고,
내 의무는 네 곁에 있는 것이라는 걸 상기시킨다.

알다 메리니

콘라트 폰 소스트, 〈탄생〉, 1403-1404, 성 니콜라우스 교회, 독일 바트빌둥겐

탄생의 순간은 사랑의 능력을 개발시키는
가장 중요한 순간이다.

작자 미상

안 반 에이크, 〈세례 요한의 탄생〉, 《토리노의 시간에 관한 책》 축소본,
1420년경, 시립 고대미술관, 이탈리아 토리노

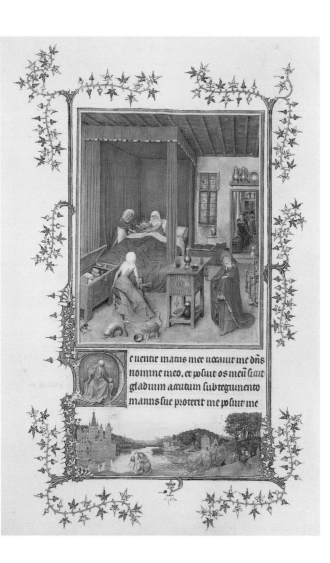

e uentre matris mee uocauit me dñs
nomine meo. et posuit os meū sicut
gladium acutum subtegumento
manus sue protexit me posuit me

자기 어머니를 사랑하는 자는
절대 타락하지 않는다.

알프레드 드 뮈세

〈성모 마리아와 아기 예수〉(부분), 1420년경, 국립박물관, 폴란드 크라쿠프

어머니는 높은 곳에 오른 아들을
자랑스러워하지만,
운이 따르지 않는 다른 자식에게는
목숨도 바칠 수 있다.

리베로 보비오

〈알렉산드로스 대왕의 탄생〉, 《알렉산드로스 대왕의 진실》 축소본 일부,
15세기, 콩데 미술관, 프랑스 샹티이

esfardant   bone foys et tous des
les disors   sa voulente de dieu ou de

미래에 대해 생각할 수 있는 것은 어머니뿐이다.
자녀들에게 미래를 낳아주는 자가
바로 어머니이기 때문이다.

막심 고리키

프랑스파, 〈동정녀 마리아의 출산〉, 루돌프 디 사소니아의 〈그리스도의 생명〉 축소본,
15세기, 글래스고 대학 도서관, 영국 글래스고

프랑스인들이여, 훌륭한 어머니를 길러내자.
그러면 훌륭한 아들을 가지게 되리니.

나폴레옹 보나파르트

프랑스파, 〈율리우스 카이사르의 탄생〉(부분), 15세기, 콩데 미술관, 프랑스 샹티이

hastun homme a qui
dieu a donne raison
et entendement &

sor lymage de dieu et la sam
et pareillement. et le corps et

세상의 진정한 지혜는 대부분 어머니로부터 나온다.
그녀들은 자궁 속에 영혼의 열쇠를 갖고 있다.

올리버 웬들 홈스

마테오 디 조반니 작품으로 추정, 〈동정녀의 출산〉(부분), 1450-1460, 루브르 박물관, 프랑스 파리

티 없으신 어머니
지극히 깨끗하신 어머니
순결하신 어머니
흠 없으신 어머니
사랑하올 어머니
탄복하올 어머니
슬기로우신 어머니
창조주의 어머니
구세주의 어머니

축복의 성모 마리아 호칭 기도

장 푸케, 〈성모 마리아와 아기 예수〉, 〈믈룅의 두 폭 제단화〉(우측 중간 부분),
1450년경, 왕립미술관, 벨기에 안트베르펜

어린아이는 태어나기 훨씬 전부터
우리 안에서 자라기 시작한다.
수년간 끝없는 절망 속에서
임신을 기다리고
또 기다리는 사람들이 있기 때문이다.

마리나 츠베타예바

피에로 델라 프란체스카, 〈임신 중인 성모 마리아〉,
1455-1460, 몬테르키 공동묘지 예배당, 이탈리아 몬테르키

지혜란, 당신이 여섯 살이 되기 전에
당신의 어머니가 해주는 말이다.

브룩 치점

아고스티노 디 두초, 〈천사들에게 둘러싸인 성모 마리아와 아기 예수〉,
1464-1469, 루브르 박물관, 프랑스 파리

2온스의 엄마는
여러 명의 아빠와 맞먹는다.

이탈리아 속담

헤이르트헨 토트 신트 안스, 〈성모 마리아의 친척〉, 1490, 레이크스 미술관, 네덜란드 암스테르담

자기 어머니를 흉보는 자는
모든 여성들을 흉보는 것이다.

카를로 도시

장 부르디숑, 〈사회의 네 가지 신분: 부자 또는 귀족〉, 1490-1500, 에콜 데 보자르, 프랑스 파리

아무도 이해 못하는 고민과 고통을
가슴속에 감추고 삭이며 사는
가여운 어머니들이여!

프란체스코 올지아티

미켈란젤로 부오나로티, 〈계단 위의 성모〉(부분), 1492년경, 부오나로티 저택, 이탈리아 피렌체

끓어라, 끓어라, 냄비야
우리 아기 줄 맘마 끓어라
엄마가 맘마를 젓는 동안
아기는 잠을 자네
우리 아기 단잠 자렴
안 그러면 맘마가 사라진단다.

리나 슈바츠

헤라르트 다비트, 〈성모 마리아와 우유 수프〉, 1500, 왕립미술관, 벨기에 브뤼셀

자식을 원하시나요, 마르게리타 부인?
좋죠, 자식은 큰 기쁨을 주니까요!
일단 거의 1년 동안 당신의 뱃속에 넣고 다니고
목숨을 걸고 아이를 낳으면,
젖을 먹여서 기르고, 똥을 치워주고, 아플 때마다
땅이 꺼지는 듯한 느낌이 들 거예요.
다 자라면, 맙소사, 그게 끝이에요.
아이는 모자를 쓰고 당신을 남겨두고 떠나버리죠.

주세페 조아키노 벨리

히로니뮈스 보스, 〈건초 마차 3부작〉(부분), 1500–1502, 프라도 미술관, 스페인 마드리드

어머니의 사랑에 대해서는 왈가왈부하면 안 되지만,
아버지의 사랑에 대해서는 확인할 필요가 있다.

로버트 프로스트

조르조네, 〈폭풍우〉, 1505-1506, 아카데미아 미술관, 이탈리아 베네치아

부모의 기쁨은 비밀처럼 감춰져 있다.
슬픔과 근심도 마찬가지다.
기쁨은 말로 표현할 수 없을 정도로 크고,
슬픔과 근심은 절대 표현하고 싶지 않기 때문이다.

프랜시스 베이컨

루카스 크라나흐, 〈신성한 친족 3부작〉(양쪽 측면 패널), 1509, 슈테델 미술관, 독일 프랑크푸르트

엄마는 우리의 상처와 근심을 맡길 수 있는 은행이다.

작자 미상

헤라르트 다비트, 〈이집트로 피신 중의 휴식〉, 1510년경, 프라도 미술관, 스페인 마드리드

어떤 사람들을 속일 수도 있고,
어떤 시대를 속일 수도 있다.
하지만 엄마는 못 속인다.

조지 맥팔랜드

플랑드르파, 〈2월〉, 《브레비아리오 그리마니(플랑드르 채색화집)》 중에서,
1510-1520, 마르치아나 국립도서관, 이탈리아 베네치아

젊음은 바래고, 사랑은 시들고,
우정의 잎사귀는 떨어지지만
어머니의 은밀한 희망은 끝까지 살아남는다.

올리버 웬들 홈스

도소 도시, 〈집시 여인(성모 마리아와 아기 예수)〉, 1511년경, 국립미술관, 이탈리아 파르마

어머니의 사랑이 드리워지지 않았다면,
어떻게 라파엘로가 그려낸 성모 마리아가
영원한 본보기로 남을 수 있었겠는가.

토머스 웬트워스 히긴슨

라파엘로 산치오, 〈아기 예수와 성 요한과 함께 있는 성모(의자에 앉은 성모)〉,
1513-1514, 팔라티나 미술관, 이탈리아 피렌체

부모가 자식들에게 너무 많은 것을 해주면
자식들은 해야 할 일을 스스로 잘 하지 않는다.

엘버트 허버드

안드레아 델 사르토, 〈자애의 의인상〉, 1518, 루브르 박물관, 프랑스 파리

인생의 위대한 원칙은
결국 언제나 두세 가지만 남게 된다.
바로 어머니가 어릴 때 가르쳐준 것들!

엔조 비아지

가우덴치오 페라리, 〈모자〉, 크로치피시오네 성당 벽화 일부,
1520-1524, 사크로 몬테, 이탈리아 바랄로

천국은 어머니의 발밑에 있다.

터키 속담

독일파, 〈동방박사의 숭배〉, 1530년경, 빅토리아 앨버트 박물관, 영국 런던

나는 항상 나를 따라다니는
어머니의 기도를 기억한다.
그 기도는 내 인생에서
늘 나와 함께했다.

에이브러햄 링컨

로렌초 로토, 〈신성한 가족과 성녀 알렉산드리아의 카테리나〉,
1533, 카라라 아카데미아 미술관, 이탈리아 베르가모

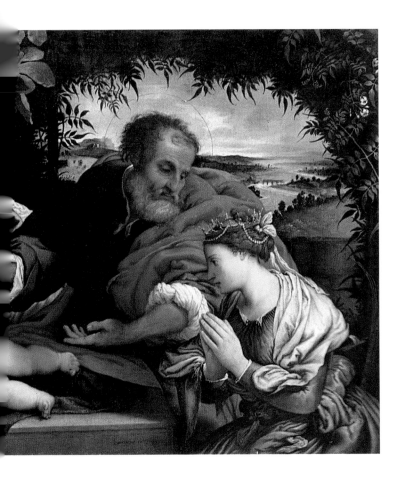

여자들은 자식을 제일 사랑한다.
여자들이 섬기는 신은 그것을 가장 큰 법으로 명했다.

라몬 데 캄포아모르

누르 앗딘 압드 알 라흐만 자미의 민담 〈메즈눈과 레일라 이야기〉 세밀화,
1540년경, 예말스 굴리스탄 도서관, 이란 테헤란

여자의 사랑은 강하지만, 엄마의 마음은 약하다.
하지만 그 약함이 모든 것을 이긴다.

제임스 러셀 로웰

아뇰로 브론치노, 〈톨레도의 엘레오노라와 아들 조반니〉, 1544년경, 우피치 미술관, 이탈리아 피렌체

상냥한 마음과 따스한 선행의
최초의 씨앗을 찾아낸다면,
그 씨앗은 틀림없이
어머니의 가슴속에서 발견될 것이다.

에드몬도 데 아미치스

야코포 틴토레토, 〈사원을 소개하는 마리아〉(부분), 1552-1553, 마돈나 델 오르토, 이탈리아 베네치아

그 어머니에 그 딸.

에스겔서 16:44

파올로 베로네세, 〈리비아 다 포르토 티에네 공작부인과 딸 포르치아아〉,
1556, 월터스 미술관, 미국 볼티모어

거울보다 엄마의 얼굴에 내 모습이 담겨 있다.

도널드 위니콧

루이스 데 모랄레스, 〈성모와 아기〉, 1568, 프라도 미술관, 스페인 마드리드

훌륭한 어머니는 "줄까?"라고 묻지 않고 준다.

이탈리아 속담

페데리코 바로치, 〈산 비탈레의 순교〉(부분), 1580-1583, 브레라 미술관, 이탈리아 밀라노

"어머니!"라는 위대한 단어가 다시 한 번 들렸을 때,
나는 드디어 그 의미와 위치를 이해했다.
이 세상의 모든 어머니는 맹목적인 열정 때문이 아니라
결국 인류를 이제까지 단 한 번도 사랑한 적 없는 것처럼
사랑하고, 기르고, 보호하고, 가르치기 위해 존재하는 것이다.

샬럿 퍼킨스 길먼

카라바조, 〈이집트로 피신 중에 휴식〉(부분), 1590-1600, 도리아 팜필리 미술관, 이탈리아 로마

신은 모든 곳에 있을 수 없기에 어머니를 만들었다.

유대 속담

카라바조, 〈성모와 허드렛일 하는 사람〉, 1605, 보르게세 미술관, 이탈리아 로마

누가 자식이 자랑스럽냐고 묻자
그녀는 이렇게 되물었다.
"어느 자식을 말씀하시는 거죠?"

아이다 엘리자베스 스토버

고트프리트 폰 베디크, 〈동정녀와 자식들〉,
1615-1616, 발라프-리하르츠 미술관, 독일 쾰른

아이를 안고 있는 어머니처럼 아름다운 모습이 없고,
여러 아이들에게 둘러싸인 어머니처럼
경애를 느끼게 하는 것도 없다.

요한 볼프강 폰 괴테

야코프 요르단스, 〈아기와 함께 있는 마리아와 성 차카리아, 성녀 엘리자베타, 성 바티스타〉,
1620, 내셔널 갤러리, 영국 런던

'엄마'라는 말은
어린아이가 마음속의 하느님을 부르는 이름이다.

윌리엄 메이크피스 새커리

베르나르도 스트로치, 〈세례 요한과 함께 있는 성모 마리아와 아기 예수〉,
1620, 팔라초 로소 미술관, 이탈리아 제노바

아버지의 사랑은 무덤까지 가지만,
어머니의 사랑은 영원하다.

러시아 속담

안토니 반 다이크, 〈가족의 초상〉, 1621, 에르미타주 미술관, 러시아 상트페테르부르크

자식들의 마음은 다 똑같다.
다정하고 상냥한 엄마를 떠올리거나 눈앞에서 볼 때,
세상에 어머니만 한 여자는 또 없다고 믿는다.

렌초 페차니

야코프 요르단스, 〈가족과 함께한 자화상〉, 1621-1622, 프라도 미술관, 스페인 마드리드

어머니는 세상에서 가장 아름다운 여인이었다.
내 모든 업적은 다 어머니 덕분이다.

조지 워싱턴

안토니 반 다이크, 〈베티나 발비 두라초 또는 황금 부인〉(부분), 1621-1622, 개인 소장

온 세상 사람들이 비난을 쏟아도
어머니의 사랑은 변함이 없다.

워싱턴 어빙

안토니 반 다이크, 〈이집트로 피신 중의 휴식〉, 1627–1632, 알테 피나코테크 미술관, 독일 뮌헨

여자는 약하나
어머니는 강하다.

빅토르 위고

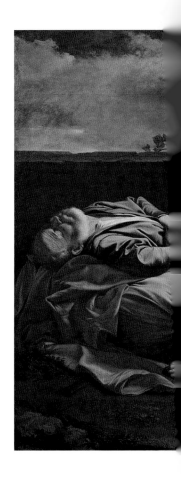

오라치오 젠틸레스키, 〈이집트로 피신 중의 휴식〉,
1628, 루브르 박물관, 프랑스 파리

어머니의 사랑을 듬뿍 받고 자란 사람은
평생 동안 정복자와 같은 느낌을 갖게 된다.
그리고 이 자신감은 실제 성공으로 이어지기도 한다.

지그문트 프로이트

페터 파울 루벤스, 〈엘렌 푸르망과 그녀의 맏아들 프란스의 초상〉,
1635년경, 알테 피나코테크 미술관, 독일 뮌헨

여자가 스무 살일 때는
자식이 여자의 몸을 망가뜨리고,
여자가 서른 살일 때는
자식이 여자를 유지시켜주고,
여자가 마흔 살일 때는
자식이 여자를 회춘시킨다.

레옹 블룸

야코프 요르단스, 〈노인들이 연주한 플루트를 따라 하는 젊은이들〉,
1638, 왕립미술관, 벨기에 안트베르펜

당신은 어머니입니다.
미소를 짓고, 웃고, 우는
나의 어머니입니다.

미겔 에르난데스

프란시스코 데 수르바란,
〈나사렛의 집에 있는 그리스도와 동정녀〉,
1640, 클리블랜드 미술관, 미국 오하이오

자식을 키우는 부모야말로 미래를 돌보는 사람이다.
자식들이 교육을 통해 조금씩 나아짐으로써
인류와 이 세계의 미래는 진보하기 때문이다.

임마누엘 칸트

조르주 드 라 투르, 〈신생아〉, 1645-1648, 렌 미술관, 프랑스 렌

엄마가 아들에게 입맞춤을 할 때
아들에게서 피어난 사랑에도 입맞춤을 하는 것이다.

라몬 데 캄포아모르

렘브란트, 〈신성한 가족과 커튼〉, 1646, 회화관, 독일 카셀

어머니의 진심 어린 그 많은 친절에 무관심했던 것을
생각하면 얼마나 괴로운지!
어머니는 너무 큰 선善이라 멀리서 봐야
그 위대함을 모두 평가할 수 있거늘….

프란체스코 올지아티

피터르 더 호흐, 〈어느 네덜란드 가정집의 뒤뜰〉, 1650-1675, 루브르 박물관, 프랑스 파리

엄마들은 항상 용서한다.
그러려고 세상에 온 사람들이다.

알렉상드르 뒤마

니콜라스 마스, 〈버릇없는 고수〉, 1654~1659, 티센보르네미사 미술관, 스페인 마드리드

내 아들아, 너를 낳아 준 아버지에게 순종하고
늙은 어머니를 업신여기지 말아라.

잠언 23:22

헤나르트 테르보르흐, 〈아버지의 훈계〉(부분), 1654-1660, 레이크스 미술관, 네덜란드 암스테르담

훌륭한 어머니는 백 명의 훌륭한 스승과 같다.

알다 메리니

피터르 더 호흐, 〈델프트에 있는 어느 집 안뜰〉, 1658, 내셔널 갤러리, 영국 런던

아이는 어머니가 요람 옆에서
불러주던 노래를 평생 기억한다.

헨리 워드 비처

헤릿 다우, 〈젊은 어머니〉, 1658, 마우리츠하위스 미술관, 네덜란드 헤이그

최고의 교육기관, 그곳은 엄마의 무릎 위다.

제임스 러셀 로웰

헤나르트 테르보르흐, 〈사과 깎는 여인〉, 1660년경, 미술사 박물관, 오스트리아 빈

엄마는 모든 역할을 대신할 수 있다.
그러나 엄마를 대신할 것은 아무것도 없다.

가스파르 메르밀로

피터르 더 호흐, 〈리넨 장〉, 1663, 레이크스 미술관, 네덜란드 암스테르담

엄마는 신비로운 존재다.
모든 것을 이해하고, 모든 것을 용서하고,
모든 것을 감내하고, 모든 것을 바치면서
정작 자신의 면류관을 위한 꽃은 모으지 않는다.

프란체스코 파스톤키

아드리안 판 오스타더, 〈농부들이 있는 집안〉, 1663, 월리스 컬렉션, 영국 런던

의사가 말했다.
"아이가 홍역에 걸린 게 맞습니다.
하지만 따뜻하게 편히 쉬면
금방 깨끗이 나을 겁니다."
나는 행복한 마음으로 침대에 누워 있었다.
내 옆에 엄마가 있었기 때문에.

마리오 푸치

가브리엘 메취, 〈병든 아이〉, 1665, 레이크스 미술관, 네덜란드 암스테르담

모든 여자는 자기 어머니처럼 된다.
이것이 여자의 비극이다.
어떤 남자도 자기 어머니처럼 되지 않는다.
이것이 남자의 비극이다.

오스카 와일드

피에르 미냐르, 〈오스트리아의 마리아 테레사〉, 1665, 프라도 미술관, 스페인 마드리드

좋은 엄마가 좋은 딸을 만든다.

이탈리아 속담

바르톨로메 에스테반 무리요, 〈성 안나와 성모〉, 1665, 프라도 미술관, 스페인 마드리드

엄마들은 누구나 자녀들을 사랑할 때 부자가 된다.
세상에 가난하거나 흉하거나 늙은 엄마는 없다.

모리스 마테를링크

얀 스테인, 〈식사 시간의 농가(식전 감사 기도)〉, 1665년경, 내셔널 갤러리, 영국 런던

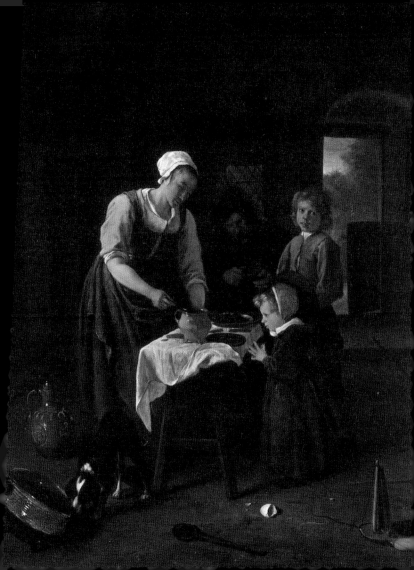

어머니들은 당연히 옳다.
어머니들은 자식에게 도리를 다하고
이를 성가셔하지 않는다.
하지만 아버지들은 자식을 성가셔하고
자신의 도리를 절대 다하지 않는다.

오스카 와일드

렘브란트, 〈가족의 초상〉, 1668-1669, 헤르조그 안톤 울리히 미술관, 독일 브라운슈바이크

어머니를 존경하는 사람은
보물을 쌓는 사람과 비슷하다.

중국 속담

피터르 더 호흐,
〈젖을 먹이는 어머니와 아이를 데리고 있는 하녀〉,
1670-1675, 미술사 박물관, 오스트리아 빈

엄마의 젖꼭지는 만져도 괜찮지만,
아빠의 고환은 건드려서는 안 된다.

아프리카 속담

얀 쿠페츠키, 〈아내와 아들과 함께한 자화상〉(부분), 1705년경, 미술박물관, 헝가리 부다페스트

우리 엄마,
나를 포근하게 안아주고
침대에 눕혀주고
무서운 밤이면 달래주고
밥 먹을 땐 꼭 섬유질을 챙겨주고
머리를 묶어주고
내 몸무게를 재고
내가 앉고 서는 것을 지켜보던 우리 엄마.
엄마로 인해 나는 여자로 성장했다.

도러시 파커

가스파르 그르슬리, 〈학교에 함께 가는 소녀〉, 1730년경, 브장송 미술관, 프랑스 브장송

평생 엄마의 애정보다
더 크고 무조건적인 사랑은
절대 찾을 수 없을 것이다.

오노레 드 발자크

프랑수아 부세, 〈아침 식사〉, 1739, 루브르 박물관, 프랑스 파리

지구를 구하고 싶어 하는 사람은 많지만,
엄마의 설거지를 도와주고 싶은 사람은 아무도 없다.

P. J. 오루크

장-바티스트-시메옹 샤르댕, 〈저녁 식사 전의 기도〉, 1740, 루브르 박물관, 프랑스 파리

엄마와 아빠에 관해 한 가지 재밌는 사실은,
그들 자식이 상상하기도 역겨운 작은 물집이라도
부모는 여전히 자식을 사랑스럽다고 생각한다는 점이다.

로알드 달

가스파레 트라베르시, 〈엄마의 자랑〉(부분), 1750년경, 개인 소장

아이의 눈이 감겼지만, 엄마는 자리를 뜨지 않는다.

존 키블

가스파레 트라베르시, 〈모성〉, 1750년경, 개인 소장

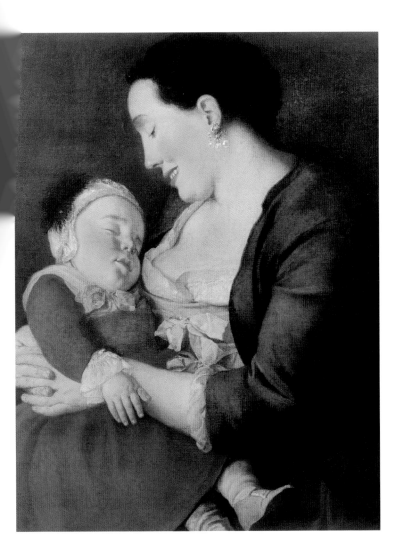

그대는 어머니의 거울이니,
어머니는 그대를 보고
아름다운 청춘의 4월을 다시 찾으리라.

윌리엄 셰익스피어

알렉산데르 로슬린, 〈신인배우들이 춤추기 전〉, 1755-1760, 라인강 주립박물관, 독일 본

어머니의 분노는 하룻밤을 넘기지 않는다.

아프리카 속담

이반 피르소프, 〈젊은 화가〉, 1760년경, 트레티야코프 미술관, 러시아 모스크바

발타사르가 문을 열어 어머니 앞에 나타나자
그의 어머니 마르타 마리아는 아들을 안았다.
남자처럼 거세게 안았으나,
그것은 그저 진심이 담긴 포옹이었다.

조제 사라마구, 《수도원 회고록》 중에서

조슈아 레이놀즈, 〈동정녀와 아기 예수〉, 1765년경, 개인 소장

인간은 전쟁이 일어났을 때는 물론
심지어 싸움터에서도 엄마라는 말을 하거나
엄마를 찾는 행동을 한다.

필립 와일리

벤저민 웨스트, 〈인디언과의 펜 조약〉, 1771-1772, 펜실베이니아 미술 아카데미, 미국 필라델피아

신은 어머니를 창조해야겠다는 생각이 든 순간,
크게 웃으며 재빨리 일을 해치웠을 것이다.
그토록 깊고, 풍요롭고, 강력하고, 아름답고,
자신과 닮은 존재라니.

헨리 워드 비처

기타가와 우타마로, 〈모자〉, 18세기 말, 장식미술 도서관, 프랑스 파리

어머니는 기대야 할 존재가 아니라
기대는 것을 불필요하게 만들어주는 존재다.

도러시 캔필드 피셔

조슈아 레이놀즈, 〈데번셔 공작부인과 그녀의 딸〉, 1784-1786, 채츠워스 하우스, 영국 더비셔

자식의 손을 잡고 있는 기간은 짧지만,
엄마는 마음속에 영원히 자식을 담고 산다.

작자 미상

아델라이드 라비유-귀아르, 〈파름 공작부인 루이즈-엘리자베스 드 프랑스〉,
1788, 트리아농 궁전, 프랑스 베르사유

어머니가 아름다우면 딸은 더 아름답다.

호라티우스

엘리자베스 루이즈 비제-르 브룅, 〈딸과 함께한 자화상〉, 1789, 루브르 박물관, 프랑스 파리

부모의 올바른 습관보다 더 좋은 교육은 없다.

작자 미상

남자는 애인에겐 뜨거운 사랑을
아내에겐 최선의 사랑을 주지만,
그가 가장 오래도록 사랑하는 사람은 어머니다.

아일랜드 속담

콩스탕 마예, 〈행복한 어머니〉, 1795-1805, 루브르 박물관, 프랑스 파리

오, 어린아이여,
엄마의 미소를 알아보기 시작했구나.

베르길리우스

프랑수아 뒤파르크, 〈모성〉, 1810년경, 볼티모어 미술관, 미국 볼티모어

모성이 모든 직업정신 중에서
가장 중요함에도 불구하고
(그 어떤 인간의 활동보다 더 많은
지식을 필요로 하므로), 아직까지
이 임무를 맡기 위한 준비에는
큰 관심을 기울인 적이 없었다.

엘리자베스 캐디 스탠턴

가츠시카 호쿠사이, 〈산모〉,
1817, 에도아르도 키오소네 동양미술관, 이탈리아 제노바

엄마는 절대 자식을 향한 사랑을 멈추지 않는다.

릴리언 헬먼

피에르-제롬 로르동, 〈프란체스코 알바니의 화실〉, 1820년경, 됭케르크 미술관, 프랑스 됭케르크

아이가 엄마에게 물었다.
"전 어디서 왔어요? 어디서 절 데려왔어요?"
엄마는 아이의 말을 듣고 울다 웃으며
아이를 가슴에 꼭 끌어안고 대답했다.
"너는 내 마음속의 소망이었단다."

라빈드라나트 타고르

커로이 브로츠이, 〈모자〉, 1846-1850, 미술박물관, 헝가리 부다페스트

어머니는 나라의 가장 소중한 재산이다.
어머니를 보호하는 것은 나라의 복지를 증진시키는 것이다.

엘렌 케이

오노레 도미에, 〈공화국〉, 1848, 오르세 미술관, 프랑스 파리

아무리 순수한 피를 끓게 만드는
자랑스러운 일이라 해도,
어머니의 죄책감은 크나큰 부담이다.

장-바티스트 라신

오노레 도미에, 〈무거운 짐〉, 1855년경, 프랑스 국립도서관, 프랑스 파리

소녀들아, 이것 한 가지는 항상 기억하렴.
엄마는 언제나 너희들의 비밀을 들어줄 준비가 되어 있고,
아빠는 너희들의 남자친구가 될 준비가 되어 있단다.

루이자 메이 올컷

에드가 드가, 〈벨렐리 가족〉, 1858, 오르세 미술관, 프랑스 파리

엄마가 빵을 반으로 잘라 아이들에게 주자,
아이들이 허겁지겁 빵을 먹었다.
이 모습을 살펴보던 한 장교가 중얼거렸다.
"저기 엄마는 자기 몫은 안 챙기네…."
"배가 안 고픈가 보죠!"
병사의 말에 장교가 대답했다.
"엄마이기 때문이야…."

빅토르 위고, 《93년》 중에서

장-프랑수아 밀레, 〈아이들에게 먹을 것을 주는 농부〉, 1860년경, 릴 미술관, 프랑스 릴

'일하는'과 '엄마'라는 단어는 중복된 말이다.

제인 셸먼

오노레 도미에, 〈빨래하는 여인〉(부분), 1863, 오르세 미술관, 프랑스 파리

세월이 언제나 아름다움을 퇴색시키는 건 아니다.
내 어머니는 예순이지만 점점 아름다워진다.
어머니의 말과 미소와 눈빛은 언제나
내 마음을 부드럽게 만져준다.
아, 내가 화가라면 평생 어머니의 초상을 그릴 텐데!

에드몬도 데 아미치스

제임스 애벗 맥닐 휘슬러, 〈회색과 검은색의 구성 1번(화가의 어머니)〉,
1871, 오르세 미술관, 프랑스 파리

요람을 흔드는 손은 세상을 다스리는 손이다.

윌리엄 로스 월리스

베르트 모리조, 〈요람〉, 1872, 오르세 미술관, 프랑스 파리

인간에게 호기심이 존재하지 않는다면,
이웃을 위한 일을 거의 하지 않을 것이다.
호기심은 의무나 동정이라는 이름으로
불행하고 가난한 가정으로 파고든다.
아마도 그 유명한 모정에도
호기심이 상당히 많을 것이다.

프리드리히 니체

트란퀼로 크레모나, 〈어머니의 사랑〉, 1873, 국립 현대미술관, 이탈리아 밀라노

그 누구도 내 영혼을
소유할 수 없다.
단, 어머니를 제외하고는.

데이비드 허버트 로렌스

실베스트로 레가, 〈유모 집 방문〉,
1873, 현대미술관, 이탈리아 피렌체

작고, 연약하고, 굶주린 채
이 세상에서 혼자가 된다는 것이 어떤 것인지 아는가?
그대들이 울 때 그대들의 어머니가 미소를 지으며
그대들을 바라보고, 말하는 법을 가르치고,
사랑하는 법을 가르치고, 손을 따뜻하게 데워주고,
무릎에 앉히지. 그런 그대들 옆에 있는 것이
어떤 기분인지 아는가?
아, '엄마!'라고 말할 수 있는 것은
얼마나 행복한 일인가!

빅토르 위고

에메-쥘 달루, 〈젖 먹이는 어머니〉, 1873, 베스널 그린 박물관, 영국 런던

어머니는 앞이 보이지 않는 내게
두려워하지 않는 법을 가르치셨다.
사랑이 꽃처럼 아름답다면
내 어머니는 그 아름다운 사랑의 꽃이다.

스티비 원더

클로드 모네, 〈아르장퇴유 부근의 개양귀비꽃〉, 1873, 오르세 미술관, 프랑스 파리

나는 영원히 사는 엄마를 원해요.
나는 뭐든 최고인 엄마를 원해요.
나는 영원히 사는 엄마를 원해요.
무슨 일이 있어도 나를 사랑하는 엄마를 원해요.

신디 로퍼

베르트 모리조, 〈나비 채집〉, 1874, 오르세 미술관, 프랑스 파리

태양이 여자에게 말했다.

"그대는 인류의 수호자, 생명을 주는 사람이오.

그대가 우주를 이끌어 갈 거요."

수Sioux족의 태양 창조 신화

윌리엄 드 라 몬태뉴 케리, 〈인디언 모자〉(부분), 1874년 이후, 버펄로 빌 역사 센터, 미국 코디

아들딸의 행복을 기뻐하는 어머니의 기쁨만큼
거룩하고 사람을 감동시키는 기쁨은 없다.

장 파울

베르트 모리조, 〈모르쿠르의 라일락〉, 1874, 개인 소장

장미의 심장에서 흘러나온 향기가 공기 중에 스며들듯
우리 심장 속의 '어머니'라는 말은 고통과 행복의 순간,
입술로 흘러나온다.

칼릴 지브란

클로드 모네, 〈정원에 있는 카미유 모네와 아기〉, 1875, 보스턴 미술관, 미국 보스턴

"엄마가 좋아?"
"그럼, 엄마."
"얼마나?"
"잘 봐. 이만큼 좋아해."
새가 날개를 펼치는 것처럼
아이가 두 팔을
앞으로 펼쳐 보였지만,
양손의 거리는 기껏해야
50센티미터 정도밖에 되지 않았다.

지나 바이 페도티

아드리아노 체치오니, 〈어머니〉,
1878, 팔라티나 미술관, 이탈리아 피렌체

나의 서재에는 수천수만 권의 책이 꽂혀 있다.
그러나 언제나 나에게 있어 진짜 책은 딱 한 권이다.
이 한 권의 책, 원형의 책, 영원히 다 읽지 못하는 책,
그것이 나의 어머니다.

이어령, 《어머니를 위한 여섯 가지 은유》 중에서

조지 던롭 레슬리, 〈이상한 나라의 앨리스〉, 1879, 로열 파빌리온, 영국 브라이턴

갓난아기가 엄마 품에 폭 안겨 있네.
천사들이 그 곁을 서성이다
고개를 돌려 눈물을 숨기네.
오, 그들에게는 엄마가 없으니.

존 배니스터 태브

메리 카삿, 〈졸린 아이를 씻기려는 어머니〉, 1880, 카운티 미술관, 미국 로스앤젤레스

엄마는 매번 우리와 함께 웃었고,
언제나 우리에게 진심이었죠.
이제 우리가 당신께, 제가 당신께 말할게요.
엄마, 고마워요. 영원히.

굿 샬럿

실베스트로 레가, 〈할머니의 수업〉, 1881년경, 시청 청사, 이탈리아 베로나

어머니는 내 인생의 토양에 씨를 뿌려주었고,
무언가를 성취하는 능력은
마음속에서부터 시작된다는
신념을 심어주었습니다.

마이클 조던

테오필로 파티니, 〈삽과 젖〉, 1884, 농업산림청, 이탈리아 로마

이모와 어머니, 누이들은
조카나 자식, 형제들에게 특별한 편견을 갖고 있다.

오노레 드 발자크

후고 프레데리크 살름손, 〈스케인 달비의 울타리에서〉, 1884, 국립 현대미술관, 프랑스 파리

엄마, 당신은 이 세상에 하나뿐이에요.
진심으로 당신은 언제나 최고의 사랑이었어요.

피에르 파올로 파솔리니

주세페 데 니티스, 〈정원에서의 아침 식사〉, 1884, 데 니티스 미술관, 이탈리아 바를레타

역사상 가장 용맹스러웠던
전투 이야기를 해줄까?
언제, 어디였냐고?
인간들의 지도에서는
찾을 수 없지.
바로 아이를 가진
어머니들의 전투라네.

호아킨 밀러

찰스 울리히, 〈약속의 땅에서〉,
1884, 코코란 미술관, 미국 워싱턴

나는 어느 정도의 경험을 통해 엄마가 되는 행운을 얻은 여자들 중 하나다. 나는 세 살 때부터 요크셔테리어를 길렀다. 내 아이들은 10개월이 되자 두 발로 웅크리고 앉았다. 1년이 됐을 때는 입으로 공중을 나는 원반을 잡을 줄 알았다. 15개월이 지나자 앞발로 코를 만지작거리더니, 몸에 흙이 묻지 않게 행동하는 법을 익혔다.

어마 봄백

조르주 쇠라, 〈그랑자트 섬의 일요일 오후〉, 1884-1886, 시카고 현대미술관, 미국 시카고

우리가 태어난 순간부터
엄마는 자신을 희생해서 '맘마'를 만든다.
그래서 우리는 그녀를 '엄마'라고 부르는 것이다.

마르첼로 도르타

피에르-오귀스트 르누아르, 〈모성〉, 1885, 오르세 미술관, 프랑스 파리

사랑을 할 줄 아는 여자가
중심에 있어야
가족이 형성될 수 있다.

프리드리히 슐레겔

콩스탕-에메-마리 카프, 〈엄마의 파티〉,
1885, 개인 소장

엄마는 바다와 같다.
엄마는 파도처럼 쉬지 않고 다가와
요람을 흔들고 입을 맞춘다.

프란체스코 파스톤키

조반니 세간티니, 〈강을 건너는 아베 마리아〉(부분), 1886, 오토 피슈바셔, 스위스 장크트갈렌

어머니들은 유일하게 정기 휴가가 없는 노동자다.

앤 모로 린드버그

카미유 피사로, 〈빨래 너는 여인〉, 1887, 오르세 미술관, 프랑스 파리

아이의 노트에는 엄마의 관심이 담겨 있다.

일본 속담

미샤엘 안세르, 〈안나 안세르와 딸 헬가〉, 1888, 스카겐 미술관, 덴마크 스카겐

만일 내가 다시 아이를 키우게 된다면…
아이의 자존감을 먼저 세워주고, 집은 나중에 세우리라.
손가락으로 그림을 더 많이 그리고,
손가락으로 지적은 적게 하리라.
시계에서 눈을 떼고, 아이를 더 많이 보리라.
그만 진지하게 굴고, 그저 진심으로 놀아주리라.

다이앤 루먼스

가에타노 프레비아티, 〈평화 혹은 아침(잔디에서)〉, 1889, 현대미술관, 이탈리아 피렌체

어머니의 눈물에는
과학으로 분석할 수 없는
깊고 귀한 애정이 담겨 있다.

마이클 패러데이

조반니 세간티니, 〈두 어머니〉, 1889, 국립 현대미술관, 이탈리아 밀라노

어머니의 사랑은
너무나 달콤해서 계속 갈망하게 된다.

아프리카 속담

외젠 카리에르, 〈친밀감(큰 언니)〉, 1889, 오르세 미술관, 프랑스 파리

인간의 입에서 나오는
가장 아름다운 말은 '어머니'이고,
가장 아름다운 축복이 담긴 말은
'내 어머니'이다.

칼릴 지브란

폴 고갱, 〈마리아를 경배하며〉, 1891, 메트로폴리탄 미술관, 미국 뉴욕

IA ORANA MARIA

어머니란 자식이 말하고 있지 않은 것까지
이해하는 사람이다.

유대 속담

메리 카삿, 〈아이의 목욕〉, 1891-1892, 아트 인스티튜트, 미국 시카고

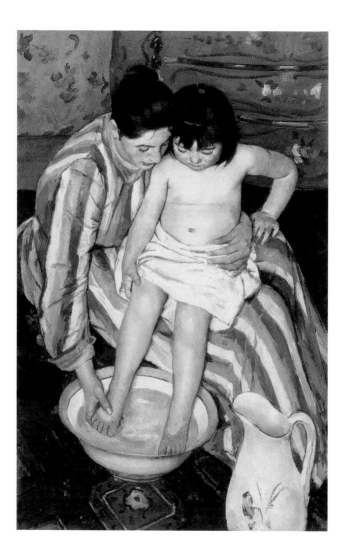

엄마가 미소를 지을 때,
그 얼굴이 너무나 아름다워서
더 사랑스러워지고 더 환하게 빛이 나는 것 같다.

레프 톨스토이

메리 카삿, 〈보트 타기〉, 1893-1894, 국립미술관, 미국 워싱턴

엄마의 '충고 하나 해줄까?'라는 질문은 아주 형식적이다.
내가 어떤 대답을 하든 엄마는 충고를 한다.

어마 봄벡

에두아르 뷔야르, 〈공원〉, 미완성작, 1894, 오르세 미술관, 프랑스 파리

아이가 태어나면서부터 내 삶이 소중해졌다.

어마 봄벡

피에르-오귀스트 르누아르, 〈장 르누아르와 가브리엘의 초상〉, 1894, 베르넹-죈 미술관, 프랑스 파리

어머니의 사랑스러운 맥박을
손에서 다시 느낄 수 있다면….
나를 인도하는 그 손의 사랑을 느끼며
꿈결을 걸을 수 있다면.

안토니오 마차도

조르주 데스파냐, 〈교외의 기차역〉, 1895, 오르세 미술관, 프랑스 파리

가장 큰 사랑은 어머니의 사랑,
다음은 개의 사랑.
마지막이 연인의 사랑이다.

폴란드 속담

게리 멜처스, 〈모성〉, 1895, 오르세 미술관, 프랑스 파리

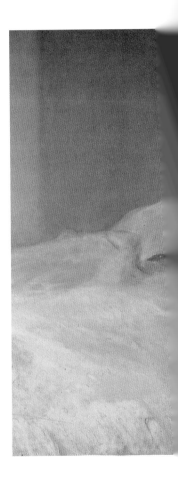

어머니는 내가 왔던 집이다.
그녀는 자연이고, 흙이고, 바다다.

에리히 프롬

호아킨 소로야 이 바스티다, 〈모성〉,
1895, 소로야 미술관, 스페인 마드리드

보통 어머니는 자식을 사랑한다기보다
자식 안에 있는 자신을 사랑한다.

프리드리히 니체

메다르도 로소, 〈황금기 혹은 모성〉, 1869, 국립 현대미술관, 이탈리아 밀라노

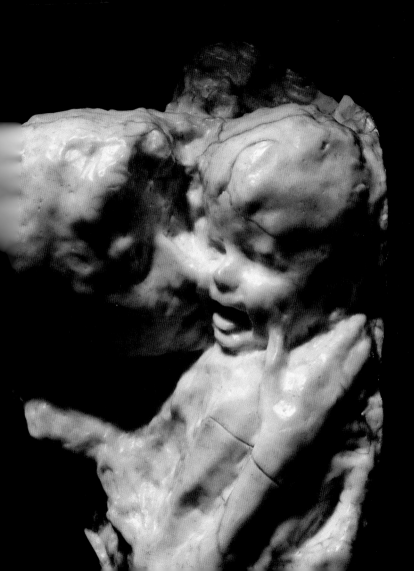

여자의 영혼 속에
어머니로서의 영혼이 없다면
무슨 가치가 있을까?

하신토 베나벤테

폴 고갱, 〈그리스도의 탄생〉,
1896, 노이에 피나코테크 미술관, 독일 뮌헨

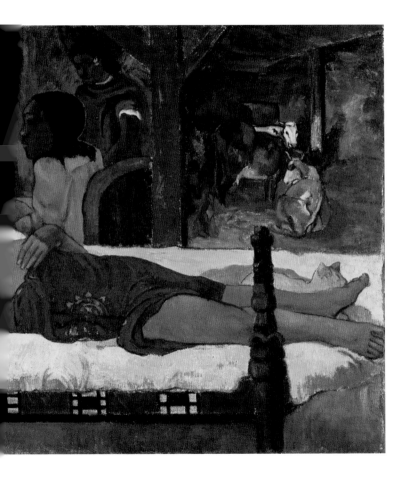

우리 엄마는 나로 인해 꽤 속을 끓였다.
하지만 엄마는 그걸 즐겼을 거다.

마크 트웨인

칼 라르손, 〈화가의 아내와 딸 케르스티〉, 1898, 예테보리 미술관, 스웨덴 예테보리

안녕, 엄마!
내가 얼마나 즐거운지 보세요.

조바노티

　모리스 드니, 〈첫 목욕(베르나르데트의 생일)〉, 1899, 라농시아드 미술관, 프랑스 생트로페

엄마와 자식은 지울 수도, 파괴할 수도 없는
세상에서 가장 질긴 인연이다.

테오도어 라이크

메리 카삿, 〈바느질하는 젊은 엄마〉, 1901, 메트로폴리탄 미술관, 미국 뉴욕

"엄마, 엄마를 너무 사랑해요."
아이가 말했다.
"엄마가 아는 것보다 훨씬 더 많이 엄마를 사랑해요."
아이는 엄마의 품에 머리를 떨구었고
두 사람의 사랑은
뜨겁게 남아 있었다.

스티비 스미스

존 싱어 사전트, 〈피스크 워런 부인과 딸 레이철〉, 1903, 보스턴 미술관, 미국 보스턴

이 모든 것은 다 천사 같은 어머니 덕분이에요.

에이브러햄 링컨

구스타프 클림트, 〈여성의 세 시기〉(부분), 1905, 국립 현대미술관, 이탈리아 로마

어머니는
온 세상이 내 것인 것처럼
고개를 들고 걸으라고
가르치셨다.

소피아 로렌

루이지 로시, 〈화단〉, 1905-1910, 개인 소장

나는 연기가 가득한 오두막에 앉아
아기에게 젖을 먹이고 있는
어느 젊은 어머니의 모습을 스케치했다.
정말 아름다운 여인이었고, 사랑스러운 풍경이었다.
여인이 돌도 되지 않은 예쁜 아기에게 젖을 먹이는 사이,
네 살짜리 딸이 건방진 눈빛으로 엄마에게 다가가
엄마의 한쪽 젖가슴을 움켜쥐려다가 실패했다.
여인은 자신이 영웅이라는 것을 알지도 못한 채 거리낌 없이
아이에게 자신의 인생과 젊음, 힘을 내어주고 있었다.

파울라 모더존-베커

파울라 모더존-베커, 〈아들과 함께 누워 있는 어머니〉, 1906, 파울라 모더존-베커 미술관, 독일 브레마

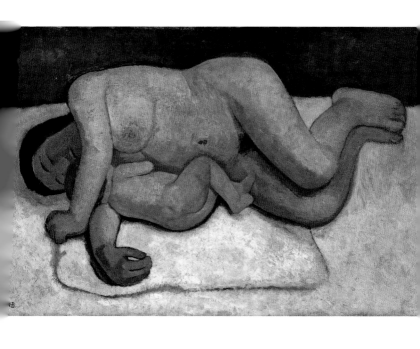

자식들에게 감사의 마음을 바라는 부모들은
(그런 것을 강요하는 부모도 있다) 고리대금업자와 같다.
그런 부모들은 이자를 챙기려고 자본금까지
기꺼이 위험에 빠뜨릴 사람들이다.

프란츠 카프카

게리 멜처스, 〈작은 숲〉, 1908, 국립 불미협력박물관, 프랑스 블레랑쿠르

닭으로 태어나면 발톱으로 땅을 파지.
옛말은 틀린 적이 없어.
소가 말을 낳지는 않아.
나의 딸아, 누구나 태어난 대로 자라는 거란다.

주세페 조아키노 벨리

아우구스트 마케, 〈동물원〉(부분), 1912, 오스트발 박물관, 독일 도르트문트

남자는 광기 어린 모습을 보이다가 또 한편으로는
그토록 신성해지는 경험을 절대 해보지 못한다.
아이를 가진 어머니는 몸이 두 배가 됐다가 다시 반으로
나뉘고, 그 후로 다시는 자식과 하나가 되지 못한다.

에리카 종

마르크 샤갈, 〈모성(임신한 여성)〉, 1913, 스테델레이크 미술관, 네덜란드 암스테르담

나와 어머니는 같은 창문으로 바라볼 수는 있지만,
결코 같은 것을 볼 수 없다.

글로리아 스완슨

아우구스트 마케, 〈모자 가게 앞에서〉, 1916, 에리크 블루멘펠트 소장, 독일 함부르크

실로 내가 내 영혼으로 고요하고 평온케 하기를
젖 뗀 아이가 그 어미 품에 있음 같게 하였나니
내 중심이 젖 뗀 아이와 같도다.

시편 131:2

지노 세베리니, 〈모성〉, 1916, 에트루스카 아카데미 박물관, 이탈리아 코르도나(아레초)

어머니와 자식의 관계는 역설적이고
어떤 의미에서는 비극적이다.
이 관계에서는 어머니의 사랑이 강해야 하고,
게다가 그 사랑이 자식을 자신으로부터 떼어내
완전히 독립적인 존재가 되게끔 도움을 줘야 한다.

에리히 프롬

에곤 실레, 〈젖 먹이는 엄마〉, 1917, 개인 소장

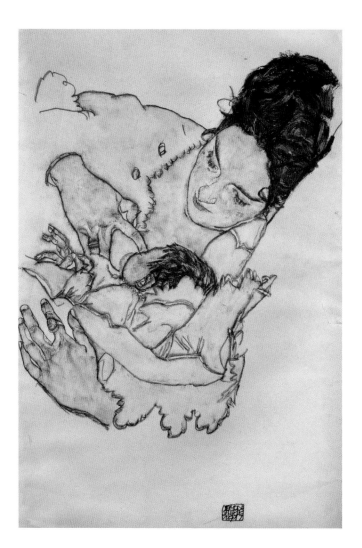

만약 진화론이 사실이라면,
엄마들은 왜 아직도 손이 두 개밖에 없단 말인가?

밀턴 벌

호아킨 소로야 이 바스티다, 〈목욕 후의 모자〉, 1923, 소로야 박물관, 스페인 마드리드

네가 태어났을 때 정원이 하나 생겼지.
꽃이 핀 멋진 정원이었어.
꽃향기가, 특히 재스민 향기가
멀리서도 느껴지는 정원이었어.

이탈리아 동요

도로시아 샤프, 〈데이지 꽃을 꺾는 어린아이〉, 1925년경, 개인 소장

엄마는 집 안에 햇빛을 들게 하고,
집을 편안하게 만들어준다.

세실 비턴

카파로 로데, 〈아르디타 자동차 광고〉, 1933, 피아트 자동차사 문서보관소, 이탈리아 토리노

아이들을 엉망으로 길러낸다면
다른 걸 다 잘한들 무슨 소용이겠어요.

재클린 케네디 오나시스

고든 오델, 〈이 손들을 치워주세요!〉, 1942, 전쟁 포스터

여자들은 상당히 위선적이다.
모든 자식들이 자신의 어머니를 두고
확실히 이렇게 말할 수 있기 때문이다.
"내 어머니는 성인이었다!"

레미 드 구르몽

찰스 스펜스레이, 〈어머니〉, 1944, 브래드퍼드 미술관, 영국 브래드퍼드

어머니의 앞치마는 넓다.
자식의 모든 결점을 다 덮을 만큼.

이스라엘 속담

박수근, 〈모자〉, 1961, 갤러리 현대, 대한민국 서울

자기 안에서 만들어진 존재를
품에 안고 바라볼 수 있는 것은
엄청난 기적이다.

시몬 드 보부아르

헨리 무어, 〈드러누운 모자〉, 1983, 개인 소장

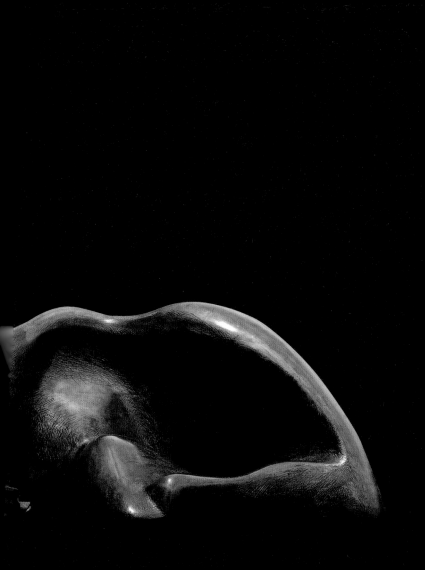

엄마는 8인분의 식사를 준비해야 할 때면
16명이 먹을 정도로 충분한 양을 요리했다.
그러고는 결국 그 반만 내놨다.

그레이시 앨런

페르난도 보테로, 〈콜롬비아 가족〉, 1999, 화가 소유

№ 59   Mary Cassatt

찾아보기

그림 작가

가브리엘 메취Gabriel Metsu 194

가스파레 트라베르시Gaspare Traversi 220, 222

가스파르 그르슬리Gaspard Gresly 212

가에타노 프레비아티Gaetano Previati 332

가우덴치오 페라리Gaudenzio Ferrari 120

가츠시카 호쿠사이葛飾北斎 250

게리 멜처스Gari Melchers 358, 380

고든 오델Gordon Odell 398

고트프리트 폰 베디크Gottfried von Wedig 142

구스타프 클림트Gustav Klimt 4-5, 374

기타가와 우타마로喜多川歌麿 234

그리스인 테오파네Teofane il Greco 64

니콜라스 마스Nicolaes Maes 178

니콜로 디 피에트로 제리니
  Niccolò di Pietro Gerini 62

도러시아 샤프Dorothea Sharp 394

도소 도시Dosso Dossi 112

라파엘로 산치오Raffaello Sanzio 114

렘브란트Rembrandt 170, 204

로렌초 로토Lorenzo Lotto 124

루이스 데 모랄레스Luis de Morales 134

루이지 로시Luigi Rossi 376

루카스 크라나흐Lucas Cranach 106

마르크 샤갈Marc Chagall 384

마테오 디 조반니Matteo di Giovanni 82

메다르도 로소Medardo Rosso 362

메리 카샷Mary Cassatt 300, 344, 346, 370, 410

모리스 드니Maurice Denis 368

미샤엘 안세르Michael Ancher 328

미켈란젤로 부오나로티Michelangelo
  Buonarroti 96

바르톨로메 에스테반 무리요
  Bartolomé Esteban Murillo 200

박수근朴壽根 402

베르나르도 스트로치Bernardo Strozzi 148

베르트 모리조Berthe Morisot 270, 282, 288

베르트람 폰 민덴Bertram von Minden 66

벤저민 웨스트Benjamin West 230

시모네 마르티니Simone Martini 56, 58

실베스트로 레가Silvestro Lega 274, 304

아고스티노 디 두초Agostino di Duccio 88

아뇰로 브론치노Agnolo Bronzino 128

아델라이드 라비유-귀아르Adélaïde Labille-
  Guiard 238

아드리아노 체치오니Adriano Cecioni 294

아드리안 판 오스타더Adriaen van Ostade 192

아우구스트 마케August Macke 382, 386

안드레아 델 사르토Andrea del Sarto 118

안토니 반 다이크Antony van Dyck 150, 154,
  156

안토니오 카노바Antonio Canova 242

알렉산데르 로슬린Alexander Roslin 224

야코포 틴토레토Jacopo Tintoretto 130

야코프 요르단스Jacob Jordaens 144, 152, 162

얀 반 에이크Jan van Eyck 72

얀 스테인Jan Steen 202

얀 쿠페츠키Jan Kupecký 210

에곤 실레Egon Schiele 2, 390

에두아르 뷔야르Edouard Vuillard 350

에드가 드가Edgar Degas 260

에메-쥘 달루Aimé-Jules Dalou 276

엘리자베스 루이즈 비제-르 브룅Élisabeth

Louise Vigée Le-Brun 240
오노레 도미에Honoré Daumier 256, 258, 266
오라치오 젠틸레스키Orazio Gentileschi 158
외젠 카리에르Eugène Carrière 338
윌리엄 드 라 몬태뉴 캐리William de la
    Montagne Cary 286
이반 피르소프Ivan Firsov 226
장 부르디숑Jean Bourdichon 94
장 푸케Jean Fouquet 84
장-바티스트-시메옹 샤르댕Jean-Baptiste-
    Siméon Chardin 218
장-프랑수아 밀레Jean-François Millet 264
제임스 애벗 맥닐 휘슬러James Abbot
    McNeil Whistler 268
조르조네Giorgione 102
조르주 데스파냐Georges d'Espagnat 354
조르주 드 라 투르Georges de La Tour 166
조르주 쇠라Georges Seurat 314
조반니 세간티니Giovanni Segantini 324, 334
조슈아 레이놀즈Joshua Reynolds 228, 236
조지 던롭 레슬리George Dunlop Leslie 296
조토Giotto 52
존 싱어 사전트John Singer Sargent 372
주세페 데 니티스Giuseppe de Nittis 310
지노 세베리니Gino Severini 388
찰스 스펜스레이Charles Spencelayh 400
찰스 울리히Charles Ulrich 312
카라바조Caravaggio 138, 140
카미유 피사로Camille Pissarro 326
카파로 로데Caffaro Rodè 396
칼 라르손Carl Larsson 366
커로이 브로츠이Karoly Brockly 254
콘라트 폰 소스트Konrad von Soest 68
콩스탕 마예Constant Mayer 246
콩스탕-에메-마리 카프Constant-Aimé-Marie

Cap 322
클로드 모네Claude Monet 278, 292
테오필로 파티니Teofilo Patini 306
트란퀼로 크레모나Tranquillo Cremona 272
파올로 베로네세Paolo Veronese 132
파울라 모더존-베커Paula Modersohn-Becker
    378
페데리코 바로치Federico Barocci 136
페르난도 보테로Fernando Botero 406
페터 파울 루벤스Peter Paul Rubens 160
폴 고갱Paul Gauguin 340, 364
프란시스코 데 수르바란Francisco de
    Zurbarán 164
프랑수아 뒤파르크François Duparc 248
프랑수아 부셰François Boucher 214
피에로 델라 프란체스카Piero della Francesca
    86
피에르 미냐르Pierre Mignard 198
피에르-제롬 로르동Pierre-Jerome Lordon 252
피에르-오귀스트 르누아르Pierre-Auguste
    Renoir 6, 318, 352
피에트로 로렌체티Pietro Lorenzetti 60
피터르 더 호흐Pieter de Hooch 174, 182, 188,
    208
헤나르트 테르보르흐Gerard Terborch 180, 186
헤라르트 다비트Gerard David 98, 108
헤릿 다우Gerrit Dou 184
헤이르트헨 토트 신트 얀스Geertgen tot
    Sint Jans 90
헨리 무어Henry Moore 404
호아킨 소로야 이 바스티다Joaquin Sorolla y
    Bastida 360, 392
후고 프레데리크 살름손Hugo Frederik
    Salmson 308
히로니뮈스 보스Hieronymus Bosch 100

명언 작가

가스파르 메르밀로Gaspard Mermillod,
　1824-1892, 스위스 태생의 추기경 188
게오르크 그로데크Georg Groddeck,
　1866-1934, 독일의 의사 · 심리학자 10
굿 샬럿Good Charlotte,
　미국의 팝펑크 밴드 304
그레이시 앨런Gracie Allen, 1895-1964,
　미국의 코미디언 · 영화배우 406
글로리아 스완슨Gloria Swanson,
　1899-1983, 미국의 영화배우 386
나폴레옹 보나파르트Napoléon Bonaparte,
　1769-1821, 프랑스의 군인 · 황제 80
다이앤 루먼스Diane Loomans,
　미국의 작가 · 성공 코치 332
데이비드 허버트 로렌스David
　Herbert Lawrence, 1885-1930,
　영국의 소설가 · 시인 · 비평가 274
도널드 위니콧Donald Winnicott, 1896-1971,
　영국의 소아과 · 신경정신과 전문의 134
도러시 캔필드 피셔Dorothy Canfield
　Fisher, 1879-1958, 미국의 교육
　개혁가 · 사회활동가 236
도러시 파커Dorothy Parker, 1893-1967,
　미국의 시인 · 시나리오 작가 212
라몬 데 캄포아모르Ramón de Campoamor,
　1817-1901, 스페인의 시인 126, 170
라빈드라나트 타고르Rabindranath
　Tagore, 1861-1941, 인도의 시인 254
랠프 월도 에머슨Ralph Waldo Emerson,
　1803-1882, 미국의 철학자 · 시인 64
레미 드 구르몽Rémy de Gourmont,
　1858-1915, 프랑스의 소설가 · 비평가 400
레옹 블룸Léon Blum, 1872-1950,
　프랑스의 정치가 · 문학비평가 162
레프 톨스토이Lev Tolstoy, 1828-1910,
　러시아의 소설가 · 사상가 346
렌초 페차니Renzo Pezzani, 1898-1951,
　이탈리아의 시인 · 작가 152
로알드 달Roald Dahl, 1916-1990,
　영국의 소설가 220
로버트 프로스트Robert Frost,
　1874-1963, 미국의 시인 102
루이자 메이 올컷Louisa May Alcott,
　1832-1888, 미국의 소설가 32, 260
리나 슈바츠Lina Schwarz, 1876-1947,
　이탈리아의 시인 · 동요 작사가 98
리베로 보비오Libero Bovio, 1883-1942,
　이탈리아의 시인 · 극작가 76
릴리언 헬먼Lillian Hellman, 1905-1984,
　미국의 극작가 252
마르첼로 도르타Marcello D'Orta,
　1953-2013, 이탈리아의 작가 318
마리나 츠베타예바Marina Tsvetaeva,
　1892-1941, 러시아의 시인 86
마리오 푸치Mario Pucci, 1949- ,
　이탈리아의 시인 194
마이클 조던Michael Jordan, 1963- ,
　미국의 농구 선수 306
마이클 패러데이Michael Faraday, 1791-1867,
　영국의 화학자 · 물리학자 334
마크 트웨인Mark Twain, 1835-1910,
　미국의 소설가 14, 366

막심 고리키Maksim Gor'kii, 1868-1936,
　러시아의 작가 78

모리스 마테를링크Maurice Maeterlinck,
　1862-1949, 벨기에의 극작가·시인 28, 202

미겔 데 우나무노Miguel de Unamuno,
　1864-1936, 스페인의 작가·철학자 50

미겔 에르난데스Miguel Hernández,
　1910-1942, 스페인의 시인·극작가 164

밀턴 벌Milton Berle, 1908-2002,
　미국의 코미디언·배우 392

베르길리우스Vergilius, 기원전 70-19,
　고대 로마의 시인 248

벤저민 스폭Benjamin Spock, 1903-1998,
　미국의 소아과 의사 34

브록 치점Brock Chisholm, 1896-1917,
　세계보건기구 초대 총장 88

빅토르 위고Victor Hugo, 1802-1885, 프랑스의
　소설가·시인·극작가 22, 158, 264, 276

샬럿 퍼킨스 길먼Charlotte Perkins
　Gilman, 1860-1935, 미국의
　여권운동가·사회학자·소설가 138

세실 비턴Cecil Beaton, 1904-1980,
　영국의 사진작가·디자이너 396

소포클레스Sophocles, 기원전 496-406,
　고대 그리스의 비극 시인 26

소피아 로렌Sophia Loren, 1934- ,
　이탈리아의 영화배우 376

스티비 스미스Stevie Smith, 1902-1971,
　영국의 시인·소설가 372

스티비 원더Stevie Wonder, 1950- ,
　미국의 팝가수 278

시몬 드 보부아르Simone de Beauvoir,
　1908-1986, 프랑스의 소설가·철학자
　404

신디 로퍼Cyndi Lauper, 1953- ,
　미국의 팝가수 282

아이다 엘리자베스 스토버Ida Elizabeth
　Stover, 1862-1946, 미국의 제34대 대통령
　'드와이트 아이젠하워'의 어머니 142

안토니오 마차도Antonio Machado,
　1875-1939, 스페인의 시인·극작가 354

알다 메리니Alda Merini, 1931-2009,
　이탈리아의 시인·소설가 68, 182

알렉상드르 뒤마Alexandre Dumas, 1802-1870,
　프랑스의 소설가·극작가 178

알프레드 드 뮈세Alfred de Musset, 1810-1857,
　프랑스의 소설가·시인·극작가 74

앤 모로 린드버그Anne Morrow Lindbergh,
　1906-2001, 미국의 시인 326

앤 테일러Jane Taylor, 1783- 1824,
　미국의 소설가·시인 44

어마 봄벡Erma Bombeck, 1927-1996,
　미국의 유머 작가 314, 350, 352

에드나 딘 프록터Edna Dean Proctor,
　1829-1923, 미국의 시인 42

에드몬도 데 아미치스Edmondo de Amicis,
　1846-1908, 이탈리아의 기자·소설가
　130, 268

에리카 종Erica Jong, 1942- , 미국의 작가
　384

에리히 프롬Erich Fromm, 1900-1980,
　독일의 정신분석학자·사회학자 360, 390

에우리피데스Euripides, 기원전 484-406년경,
　고대 그리스의 비극 시인 30

에이브러햄 링컨Abraham Lincoln, 1809-1865,
　미국의 제16대 대통령 124, 374

엔조 비아지Enzo Biagi, 1920-2007,
　이탈리아의 언론인·작가 120

엘렌 케이Ellen Key, 1849-1926,
　스웨덴의 사상가·작가·교육자 256

엘리자베스 캐디 스탠턴Elizabeth Cady
　Stanton, 1815-1902, 미국의 여성운동가
　250

엘버트 허버드Elbert Hubbard, 1856-1915,
　미국의 작가·예술가·철학자 118

오노레 드 발자크Honoré de Balzac,
　1799-1850, 프랑스의 작가 58, 214, 308

오스카 와일드Oscar Wilde, 1854-1900,

아일랜드의 시인·소설가·극작가 198, 204

올리버 웬들 홈스Oliver Wendell Holmes,
1809-1894, 미국의 의학자·문필가 82, 112

요한 볼프강 폰 괴테Johann Wolfgang
von Goethe, 1749-1832, 독일의
작가·과학자·정치가 52, 144

워싱턴 어빙Washington Irving, 1783-1859,
미국의 작가 156

윌리엄 로스 월리스William Ross Wallace,
1819-1881, 미국의 시인 270

윌리엄 메이크피스 새커리William Makepeace
Thackeray, 1811-1863, 영국의 소설가 148

윌리엄 셰익스피어William Shakespeare,
1564-1616, 영국의 시인·극작가 224

이어령李御寧, 1934- ,
한국의 평론가·소설가·수필가 296

임마누엘 칸트Immanuel Kant,
1724-1804, 독일의 철학자 166

장-바티스트 라신Jean-Baptiste Racine,
1639-1699, 프랑스의 작가 258

장 파울Jean Paul, 1763-1825,
독일의 소설가 288

재클린 케네디 오나시스Jacqueline Kennedy
Onassis, 1929-1994, 미국의 제35대
대통령 존 F. 케네디의 영부인 398

저메인 그리어Germaine Greer, 1939- ,
호주의 작가·교수·페미니스트 60

제인 셀먼Jane Sellman, 1956- ,
미국의 작가·교수 266

제임스 러셀 로웰James Russell Lowell,
1819-1891, 미국의 시인·비평가·교수
128, 186

제임스 매슈 배리James Matthew Barrie,
1860-1937, 스코틀랜드의 작가 46

조바노티Jovanotti, 1966- ,
이탈리아의 싱어송라이터 368

조제 사라마구José Saramago,
1922-2010, 포르투갈의 작가 228

조지 맥팔랜드George Mcfarland,

1928-1993, 미국의 영화배우 110

조지 워싱턴George Washington,
1732-1799, 미국의 초대 대통령 154

존 배니스터 태브John Banister Tabb,
1845-1909, 미국의 시인·성직자·교수 300

존 키블John Keble, 1792-1866,
영국의 성직자·시인 222

주세페 조아키노 벨리Giuseppe Gioacchino
Belli, 1791-1863, 이탈리아의 시인 100, 382

지그문트 프로이트Sigmund Freud, 1856-1939,
오스트리아의 정신과 의사 160

지나 바이 페도티Gina Vaj Pedotti, 1897-1959,
이탈리아의 아동작가 294

찰스 윌리엄 패덕Charles William Paddock,
1900-1943, 미국의 육상선수 38

카를로 도시Carlo Dossi, 1849-1910,
이탈리아의 작가·정치가 94

칼릴 지브란Kahlil Gibran, 1883-1931,
레바논의 철학자·화가·작가 292, 340

테오도어 라이크Theodor Reik, 1888-1969,
미국의 심리학자 370

토머스 웬트워스 히긴슨Thomas Wentworth
Higginson, 1823-1911, 미국의 목사·작가
114

파울라 모더존-베커Paula Modersohn-Becker,
1876-1907, 독일의 표현주의 화가 378

P. J. 오루크Patrick Jake O'Rourke, 1947- ,
미국의 정치 풍자가·작가 218

펄 벅Pearl Buck, 1892-1973, 미국의 작가 62

펠리샤 헤먼스Felicia Hemans, 1793-1835,
영국의 시인 36

프랜시스 베이컨Francis Bacon, 1561-1626,
영국의 철학자·정치인 106

프란체스코 올지아티Francesco Olgiati,
1886-1962, 이탈리아의 성직자·철학자
96, 174

프란체스코 파스통키Francesco Pastonchi,
1874-1953, 이탈리아의 시인·평론가
192, 324

프란츠 카프카Franz Kafka, 1883-1924,
　체코 태생의 독일 작가 380
프리드리히 니체Friedrich Nietzsche,
　1844-1900, 독일의 시인·철학자 272, 362
프리드리히 슐레겔Friedrich Schlegel,
　1772-1829, 독일의 역사가·철학자 322
플루타르코스Ploutarchos, 46년경-120년경,
　그리스의 철학자·전기 작가 18
피에르 파올로 파솔리니Pier Paolo Pasolini,
　1922-1975, 이탈리아의 작가·영화감독 310

필립 와일리Philip Wylie, 1902-1971,
　미국의 소설가·수필가 230
하신토 베나벤테Jacinto Benavente,
　1866-1954, 스페인의 극작가 364
헨리 워드 비처Henry Ward Beecher, 1813-1887,
　미국의 목사·노예 폐지 운동가 40, 184, 234
호라티우스Horatius, 기원전 65-8,
　고대 로마의 서정·풍자시인 240
호아킨 밀러Joaquin Miller, 1839-1913,
　미국의 시인 312

그림 소장처 및 저작권

Academia Carrara, Bergamo: 124-125

Akg-images, Berlin: cover, 59, 99, 111, 127, 157, 161, 164-165, 199, 225, 239, 241, 289, 290-291, 293, 315, 316-317, 322-323, 329, 330-331, 367, 379, 387, 399

Archivio FIAT, Torino: 397

Archivio Mondadori Electa, Milano, by permission of Ministry for Cultural Heritage and Activities: 57, 113, 137, 307

Archivio Mondadori Electa, Milano: 63, 73, 87, 149, 155, 305, 311, 389; / Sergio Anelli 60-61; / Remo Bardazzi 101; / Laurent Lecat 257, 261, 262-263, 267, 269, 271, 279, 280-281, 283, 284-285, 319, 320-321, 351

Bethenal Green Museum, London: 277

Bibliothèque Nationale, Paris: 259

Cameraphoto, Venezia: 131

Casa Buonarroti, Firenze: 97

Chatsworth House, Derbyshire: 237

Civici Musei, Venezia: 243, 244-245

École des Beaux-Arts, Paris: 95

Fondazione Museo delle Antichità Egizie di Torino: 17

Galleria d'Arte Moderna, Milano: 273, 335, 336-337

Gallery Hyundai, Seoul: 403

Gemäldegalerie, Kassel: 171, 172-173

Hermitage Museum, St. Petersburg: 151

Herzog Anton Ulrich-Museum, Braunschweig: 205, 206-207

Kunsthistorisches Museum, Vienna: 187

© Leemage, Paris: 158-159, 341, 342-343

© Lessing / Agenzia Contrasto: 2, 33, 51, 69, 70-71, 83, 109, 119, 145, 146-147, 175, 176-177, 201, 208-209, 253, 255, 327, 339, 355, 356-357, 358, 391

Mauritshuis, Hague: 185

Musée des Beaux-Arts, Rennes: 167, 168-169

Musei Civici, Padova: 53, 54-55

Museo d'Arte Orientale Edoardo Chiossone, Genova: 250-251

Museo del Ceramico, Athens: 27

Museo Nacional del Prado, Madrid: 135, 153

Museum Ostwall, Dortmund: 383

National Archaeological Museum, Athens: 18-19, 20-21

National Museum in Cracow: 75

Otto Fischbacher Collection, St. Gallen: 325

Rijksmuseum, Amsterdam: 91, 92-93, 181, 189, 190-191, 195, 196-197

Royal Museums of Fine Arts of Belgium, Antwerp: 85, 163

Soprintendenza Comunale di Roma: 35

Soprintendenza Speciale per i Beni Archeologici di Napoli e Pompei: 37

Soprintendenza Speciale per il Polo Museale di Firenze: 115, 116-117, 129, 274-275, 333

Soprintendenza Speciale per il Polo Museale di Roma: 4-5, 141, 375

Soprintendenza Speciale per il Polo Museale di Venezia: 103, 104-105

Städelsches Kunstinstitut, Frankfurt: 107

지은이 마르타 알바레스 곤살레스 Marta Alvarez González
독자적인 미술사학자. 스페인에서 출생해 이탈리아 대학에서 공부를 시작하면서부터
이탈리아에 살고 있다. 대학을 졸업한 후 1997년 피렌체의 시라쿠스 대학원 과정을 거
쳤으며, 2004년에는 피렌체의 유럽대학연구소에서 박사 과정을 밟았다. 대표적인 저서
로는 《여성 예술 사전》이 있다.

옮긴이 김현주
한국외국어대학교 이탈리아어과를 졸업하고, 이탈리아 페루지아 국립대학과 피렌체
국립대학 언어 과정을 마쳤다. EBS의 《일요시네마》와 《세계의 명화》를 번역하고 있으
며, 현재 번역 에이전시 하니브릿지에서 출판기획 및 전문 번역가로 활동하고 있다. 주
요 역서로 《프라다 이야기》《여자라면 심플하게》《여자, 그림으로 읽기》《구스타프 클
림트》《빈센트 반 고흐》등 다수가 있다.

내가 사랑한 **엄마**

초판 1쇄 발행 | 2014년 10월 30일

지은이 마르타 알바레스 곤살레스 **옮긴이** 김현주 **발행인** 이대식

책임편집 나은심 **편집** 이숙 김화영 **마케팅** 윤여민 정우경 **디자인** 모리스
주소 서울시 종로구 평창길 329(우편번호 110-848)
문의전화 02-394-1037(편집) 02-394-1047(마케팅) **팩스** 02-394-1029
전자우편 saeum98@hanmail.net **블로그** saeumbook.tistory.com

발행처 (주)새움출판사 **출판등록** 1998년 8월 28일(제10-1633호)

ISBN 978-89-93964-88-2 04800 / 978-89-93964-86-8 (세트)

Mamme, by Marta Alvarez González
Copyright © 2009 Mondadori Electa S.p.A.
All rights reserved.
Korean translation copyright © 2014 Saeum Publishing Company